私と介護

新日本出版社

私と介護――目　次

島田洋七さん――今日もおかんを笑かしに 11
生きているうちにしか 12／「笑ってなんぼ」 13／
見返りを求めない気持ち 15／親孝行は人生で最高の行事 16
春やすこさん――ズボラに考えて楽になれた 19
最初はパニック 20／両親の同時介護を経験 21／
サービスも使って 22／「気持ちええわ」 23
ねじめ正一さん――昔は守られた――今度は守る 27
妄想に引きずり込まれて 28／ボケと突っ込みのように 30／
いまできることを 32

酒井章子さん……人って助けられて生きてんな　35
「水と油」から　36／4年で家出1338回　37／
互いの自由を大事にしたい　38／〝尾行〟して知った周りの優しさ　39

大久保朱夏さん……鮮やかな料理と会話の工夫　41
薬を調整して　42／肯定的な言葉を　43／
社会とかかわりながら　44

新藤　風さん……お互いに愚痴は面白く　47
祖父・新藤兼人の生き抜く支えに　48／「本当に大事に思うなら」　49／
祖父と私のテーマ　50／肩の力を抜いて　51

南田佐智恵さん ぬくもりに出合って 53
誰にも頼れず一時は絶望…… 54／支援と愛情に支えられ 55／
別の世界を持つ 57／すべて人生の学びとして 57

安藤桃子さん 映画「0.5ミリ」に込めた思い 59
芸能一家で 60／忘れない日 61／
高齢者への敬意を 61／人でないとできない仕事 62

富田秀信さん ハラハラ介護の20年 65
ええかっこせずに 66／職場で理解を得るために 67／
変化が元気のもと 68／隠さずに発信 69

城戸真亜子さん……教わった「丁寧な生き方」 71
文字の力を痛感 72 ／全力ではなくとも 73 ／
母がいることで 74

関口祐加さん……一歩引いて見てみると 77
認知症の母と向き合って 78 ／人として尊重する 79 ／
できないことをオープンに 81

秋川リサさん……憎み切れなかった自分にほっとした 83
終わらない一日 84 ／周りに支えられ 85 ／
母の日記 86 ／死と向かい合う 87

岡野雄一さん……ボケるのも悪くはないな 89
「ほどける」感じ 90／紙一重の笑い 92／
絶妙な1年半 94

岩佐まりさん……若年性アルツハイマーの母と生きる 95
東京で同居を決意 96／感情的になって 97／
「介護＝お世話」ではない 98

野中真理子さん……寛容に寄り添う大切さ 101
「暗黒地底」の時間 102／「自分で歩きたい」103／
「心は生きている」104／打ち明ける 105

沖藤典子さん……恨みや圧力に苦しんだけど 107

葛藤の夫婦関係から 108／在宅介護に踏み切って 109／公的な介護体制が必要 111

香山リカさん……悔いが残っても自分を責めないで 113

父を遠距離介護 114／延命しない決断 115／意思を尊重する 117／自分の人生を失わないように 118

あとがき 121

漫才師　**島田洋七**さん

今日もおかんを笑かしに

――島田さんが妻とともに介護を始めたのは、1999年に妻の母親（おかん）が脳梗塞で倒れたのがきっかけでした。

深夜に、電話で「おかんが倒れた」と連絡が入りました。おかんと同居していた嫁の弟は漁師で、午前3時に漁に出ていくような生活だから、病院に通うのも難しい。専業主婦の嫁が一番動けるということで、東京と佐賀を行き来する遠距離介護となりました。

片道2時間はかかる佐賀と東京を、月5回は往復しました。移動だけでもきつい。ある晩、僕が帰宅すると、嫁が娘に話していました。「こんな生活いつまで続くんやろ」。その声は疲れ果てていました。

生きているうちにしか

――思い切って佐賀に家を建て、引っ越すことにしました。

おかんは「もって2週間」といわれていました。介護できるのは何カ月になるかわからないけど、生きているうちにしか親孝行はできない。少しでもそばに居た方がいいと思って、佐賀に帰ることを決めました。そのおかげか、14年間も生きてくれて、介護のしがいがありました。

僕らは、結婚に反対されて家出同然で東京に出てきました。当時僕は就職もしていなかったし、嫁の両親には相当心配かけました。

おかんは、こそっと布団を送ってくれたりしてね。自宅でつくった海苔《のり》も時々送ってくれました。それを、近所のすし屋に売りに行って生活費の足しにしたこともありました。だから、芸能界の仕事も大切かもしれないけど、それより親の方が大切やと思った。家出して、申し訳ないという気持ちはずっとあったからね。

「笑ってなんぼ」

――介護施設に入所した義母のところに、妻はほぼ毎日、洋七さんも月2回は通いました。大事にしたのは「介護は笑ってなんぼ」の心です。

脳梗塞で倒れて、初めて会いに行った時、どんな顔して病室に入ったらいいのかわからなかったんです。

1カ月ほどして意識が戻って、あれこれ話しかけるうちに、おかんが笑うようになった。言葉はなかなか出てこなくても、面白いっていうのは分かるんやって、うれしくなりました。

「笑ってなんぼ」という思いに至ったのは、自分が深刻な顔をしていたら介護される側も気持ち良くないいんじゃないかと気付いたからです。

それからは、笑かすことばっかり考えました。

福岡で、「がばいばあちゃん」の舞台があったときは、ばあちゃん役の衣装で会いに行ったり、段ボールかぶって部屋に入ったりね。徐々に動かせるようになっていた左手でひざをたたいて笑ってくれました。

嫁と兄弟が、何でも率直に話し合えたのも良かった。

家族で相談して、好きな物を食べさせてやろうってことにしました。施設からはダメって言われていたけど、おかんは甘いものが好きやったから、甘いものも少しだけ持っていった。

介護についても、「私は明日、お母さんの所に行けないけど、あなた行ける？」とか、相談してました。全部、一人で抱え込むのが一番あかん。無理せずに家族にも頼って、自分でできる範囲で介護をしたらいいと。

見返りを求めない気持ち

――14年の闘病をへて、義母は亡くなりました。介護をするなかで、忘れられない場面があります。


僕らが施設から帰るとき、おかんはいつも窓から大きく手を振っていました。そのことに僕が気付いたのは、3年ぐらいたってからでした。

気付かれないのに、おかんは感謝の気持ちで振り続けていた。見返りを求めない気持ちを教えられた気がしました。介護も人生も見返りを求めたらしんどくなる。自分がこうしたいという気持ちのまま純粋に動けばストレスも少なくなります。

親孝行は人生で最高の行事

つくづく思ったのは、「介護という親孝行は人生で最高の行事だ」ということ。おかんが倒れて3年ぐらいしてからは、暖かい時期に親戚が集まって温泉に行くようになりました。それまで、親戚が20人も集まるようなことはなかった。みんな、おかんとなら行きたい、となって。本当にいい思い出を残してくれました。

介護は、大変なことを考え始めたらきりがありません。介護施設に行くときも、介護しに行くのでなく、笑かしに行くという気持ちでいました。

――介護施設へのイメージも変わりました。

施設には本当に世話になりました。食べることから、下の世話まで、申し訳ないくらい。でも、働いている人の収入が、大変な仕事の割に少ない。職員に教えてもらったことがあるけど、それだけ？　と驚くような金額やった。何とかしてあげてほしいよね。東京オリンピックで本当に3兆円も使うのなら、それを削って介護士さんの給料を上げてほしい。

（2015年5月17日）

タレント　春やすこさん

ズボラに考えて楽になれた

――自宅の新築を機に両親と同居を始めたのは2005年。きっかけは、当時中学生だった長男の提案でした。

20年以上前、父は脳梗塞で右半身が不自由になり、その後も、生きるか死ぬかの大病を繰り返しました。

近くのマンションに住んでいた私は、実家に行って救急車を呼ぶことがたびたびありました。見かねた長男が「心配やから一緒に住もう」と言い、夫も賛成してくれたのです。

最初はパニック

――同居から6年ほどたったとき、父が階段から落ちて、動けなくなりました。

寝たきりで下の世話が必要になりましたが、父は体が大きく重い。在宅で「だれがお風呂にいれるの?」って、パニックになりました。

そんなとき、病院の看護師がケアマネジャーを頼んでくれ、介護保険のことも初めて知りました。

さっそく介護保険の申請をしたら、要介護5。週2回のデイサービスに出かけ、お風呂に入れるようになりました。オムツ替えは母と交代。家事もいっしょにしました。

両親の同時介護を経験

ところが、今度は母が自転車でこけて、大腿骨《だいたい》を骨折。人工関節の手術をしました。階段の上り下りができなくなり、家事や父の世話もできなくなりました。

2人の子どもは父を車いすに乗せたり、母をお風呂に入れたり、自分から手伝ってくれました。

それでも、朝6時前に起きて3時間おきにオムツを替え、食事を運ぶなど、一日中父の世話をしながら、母の通院につきそう生活です。

くたくたになって、「なんで何もかも私が……」と、ストレスで過食になりました。しんどいときは、「お父ちゃんなんかさっさと死んでくれたら楽やわ」と毒を吐いて傷つけたこともあります。

サービスも使って

――転機はやすこさんの様子に気付いたケアマネジャーの言葉です。

「そんなに必死に介護してたら、続きませんよ」「今したいことは、なんですか?」と言われました。

「娘が大学卒業するからいっしょに旅行いきたい」ってこたえたら、「介護保険の点数にまだ余裕があるから大丈夫。介護サービスを使って行ってきて」と。

それまで両親の気持ちを優先し、最低限の介護サービスしか利用していませんでしたが、「使わな損や」と思えるようになり、気が楽になりました。

お泊まりデイサービスも利用しました。職人だった父は頑固で団体行動が苦手。お風呂以外でデイサービスに行くのはいやがりました。そんな父を、「こんなんしてたらお父ちゃんを傷つけてしまうかもしれへん。私が楽できるから」って説得しました。

そのうち介護士のお姉ちゃんと仲良くなって、気持ちよく行ってくれるようになりました。その間、私は気持ちの切り替えができ、帰りが待ち遠しくもなりました。

友だちにも支えられました。近くのレストランにきてくれて、誕生祝いをしてくれて。お互い同じような苦労があるから、気持ちがわかるんです。

ご近所にも、「ちょっと見ておいて」と頼めるようになりました。

「気持ちええわ」

――父が亡くなり、要介護2の母の世話をしながら、自身の体験を発信。テレビ番組の仕事も増やしています。

父には、やれるだけのことはやったと思います。オムツ替えの時、お湯で洗ったタオルでふいてあげたら、「おまえにやってもろうたら気持ちええわ」ってかわいいこと言う人やった。

もうちょっと生きててくれたら、要領を得た介護ができたのに。

それでも、一生懸命介護できたんは、大事に育ててもらったからです。

漫才の道に入るとき、父は大反対で険悪になりました。けれど母は養成所から遅く帰る私を、毎日迎えにきてくれた。80年代の漫才ブームがきたら父も応援してくれるようになりました。心配かけたと思います。

年子の子育てでは、母に助けてもらいました。

介護している方に言いたいのは、相談できる人を見つけて、ためこまないこと。サービスも受けて、どんだけズボラにできるか考えると、気が楽ですよ。

私も最初は、介護しながら仕事や趣味のゴルフをするのは抵抗がありました。

今度また、旅行にでかけます。母はその間ショートステイに行くのが嫌で、ぶつぶつ言うてますが、お互いのためにも、これからもズボラでいきます。

春やすこさん……ズボラに考えて楽になれた

（2015年6月28日）

＊やすこさんの母は、その後2016年7月に亡くなりました。介護を終えたやすこさんは、「人生を振り返り、これは『ヤッタ！』と思えるのは、お産と両親の介護と両親の最期を看取ったこと」と語ります。

詩人・小説家　ねじめ正一さん

昔は守られた——今度は守る

——直木賞受賞作『高円寺純情商店街』（1989年、新潮社）で知られる、ねじめさん。そこで描かれているように、両親は商店街の一画で乾物屋を営んでいました。1976年、お父さんが脳出血で倒れます。ねじめさんのお母さんは、商売を続けながら23年間にわたって夫を介護しました。

妄想に引きずり込まれて

2008年ごろから、おふくろは得意料理だったコロッケが作れなくなりました。2010年には原因不明の右手足のマヒが進行。秋ごろから妄想が激しくなりました。

弟は仕事で忙しいので、僕は毎日おふくろが弟と住む実家へいって、8時間くらい一緒にいました。認知症についての知識があるわけではなく、おふくろの妄想にたいし、聞き流せばいいんでしょうが、僕はもろに答えようとしました。おふくろの「いやだ、いやだ」という言葉から妄想が始まり、こっちも引きずり込まれる。

弟が帰る夜の9時ごろまで、毎日そばにいました。2011年の「3・11」を境にして妄想が激しくなり、命を削るようにしてわめくようになりました。妄想が始まると吐き気がするくらいつらかった。

――2014年11月には、自伝的小説『認知の母にキッスされ』（中央公論新社）を出版しました。過酷な介護体験を、時にはユーモアも交えて描いた小説です。小説では、自分で用を足せない母の「うんち攻撃」に立ち向かう不慣れな介護者・ねじめさんの苦闘ぶりなどが、ユーモラスに描かれます。

「正一はパソコンかい」

「毎日、パソコンに向かっていたら、パソコンになっちゃうと思っていたよ」

「パソコン電車はいやだね」

作中の「妄想」も、時にはまるで意表をつく現代詩のようにみえてきます。

ボケと突っ込みのように

妄想のなかに深層心理というか、理由があるんじゃないかと思ってしまい、聞き流せなかったんです。妄想にたいして僕なりに対応すると、ボケと突っ込みのようになってきてしまって（笑い）。まじめに対応すればするほど、読んだ人にはおもしろいユーモア小説のようになってしまいました。本にしたら読者の反応がイメージしていたのと違いました。これで笑ってくれるのはうれしかった。若い人が、認知症の言葉を丸ごと読み取ってくれるといいですね。

――2011年5月、肺炎で入院した母を見舞いに日課のように病院通い。やがては自身が過労で短期入院したことも。息子から初孫誕生の連絡があっても母を優先。初孫との対面は1カ月後でした。

妻には怒られました。でも、初孫で喜ぶという気分じゃなかったんです。病人がこんなに妄想をしゃべるのか、と聞かれたことがありますが、おふくろは本当によくしゃべったんです。どうなっちゃうのか心配しましたが、先生は、「妄想は激しいけれどそれは元気な証拠ですから、そんなに悩むことはない」という。後で分かりましたが、元気がなくなれば、わめくことも少なくなる。いまはもうわめかないし、声も小さい。ひとことふたことという状態です。

——昨年（２０１４年）11月、母は90歳に。現在も特養ホームへ３日に１度、見舞いに通います。

ベッドの横で顔を見てるだけみたいなものですが、言葉って、口に出すから言葉じゃなくて、そこに居るだけで、言葉を発しているように感じることがあるんじゃないか。そばにいて安心したりとか、そういう気持ちになるんじゃないかと思います。いまは食事をさせるのが一番大きなコミュニケーションです。口を開けた瞬間に食べさせないと怒る。タイミングを逸すると、次に口を開けなくなったりして。

いまできることを

——介護を通じて、改めて思うことは。

昔は母親に守られていた子どもが、今度は母親を守る。立場が逆転するなかで、ある完結（死）に向かって進んでいくわけです。亡くなった時に、おふくろのことで後悔したくない。だから、いまできることをやりたいです。僕は商店街で育ち、親と一緒にいる時間が長く、親といるのが当たり前の生活でした。それが影響しているのかもしれません。いまは、自分のことより親の生き死にが大事です。

——妄想には、俳句にかかわるものがしばしば登場。俳人だった夫の介護のかたわら、お母さんも俳句に精進し、互いの心の交流を深めました。ねじめさんも、近年は俳句の比重が増加中です。

遠き雷《らい》　母の大脳　応答せよ

ねじめ正一さん……昔は守られた――今度は守る

（2015年1月18日）

人って助けられて生きてんな

ギャラリー主宰　酒井章子さん

「水と油」から

——近所の人に助けられながら、「ぼけとつっこみ」の漫才コンビのような母娘。認知症の母、アサヨさんとの日常を撮ったドキュメンタリー映画「徘徊《はいかい》　ママリン87歳の夏」が話題です。

章子さんは大学入学時に家出同然で一人暮らしを始めました。疎遠だったアサヨさんが認知症とわかり、同居し始めたのは2008年。

教育パパに従う母だったので、私たちは水と油ぐらい気が合わない親子でした。父が亡くなり、弟も仕方ないやんって感じであてにならない。

奈良の実家にいくと冷蔵庫にマヨネーズが10本入っていた。それでも私の住む大阪にくるのは嫌がり、なんとか一人、暮らしてました。でも、近所からの苦情が増えるし、5分おきに「お金がなくなった」と電話がかかってくる。私には仕事もあるし、大阪に連れてきたほうが楽かもしれないと思ったんです。でも、楽観的すぎました。

――「ここだれの家、刑務所？」「私（の家よ）」「ようわからんな」「わからんかったら、考えんでええよ」。映画での2人のやりとり。アサヨさんは「外に出せ」とドアをたたき、昼夜を問わず徘徊します。

何が大変だったかって、暴言ですね。「カネ目当てやろ」「殺す気やろ」「なんでとじこめるんや」と、極道みたいな口調でした。母は認知症が進行するいら立ちで暴れるし、私も認知症を理解してなかったからよくけんかになりました。

4年で家出1338回

最初はけがしたら大変やから外に出さなかったんです。でも、好きにさせてみると夜明けまで10キロくらい平気で歩く。記録をとったら、4年間で家出1338回、距離1844キロ。尾行する私は〝アスリートの脚〟（笑い）になりました。

私は、夜に母を尾行するモチベーションを高めるため、100個くらい理由を考えました。やせるとか、認知症予防になるとか。機嫌がよくなったら「どこかでいっしょにビールを飲もう」と考えるのが、唯一の楽しみでした。

若い時に家出して、母とは音信不通の時期が長かった。そのせいか、こわれていく母に感情的な悲しみをもたず、「認知症ってどうなるのか」と冷静に観察しました。そのことで、傾向と対策を練り、いい作戦がたてられました。「帰ろう」と声をかけるタイミング、好きなあんぱんで気分を変えるタイミングもわかりました。

互いの自由を大事にしたい

――情報誌の立ち上げに参加し、編集プロダクションを設立するなど、自立して自由に生きてきた章子さん。なぜそこまで徘徊につきそえたのか。

私が一番大事にしてきたのは自由です。自由な生活を夢見て家を飛び出し、経営悪化で編集プロダクションをたたんだときも、自由だと思って不安はなかった。母が初めてデイサービスに行ったときも、「自由だ！」って叫んで自転車で街中を走り回りました。

自分が最優先してきた自由を母から奪うのは、主義主張と違うと思いました。母をとじこめて2人で家にいても煮詰まるだけ。外を歩けば、だれかが母に話しかけ、つっこんでくれて気分転換になりました。

〝尾行〟して知った周りの優しさ

――自宅は大阪市中央区のオフィス街ですが、近所の人はさりげなく助けてくれました。

毎日私たちを見ていたんでしょうね。朝早く母が徘徊していると、喫茶店のマスターが「コーヒー飲んでいき」と声をかけてくれる。午前3時まで開店しているレストランからは、「来てますよ」と夜中に連絡が入る。母はだれかれかまわず道をきくんですが、大阪の人はみな親切です。

「迷惑かける」なんて思わず、頼るとぐんと楽になります。今はほぼ毎日のデイサービスも助かっています。

これまで私は、何もかも一人でできると考える、思いあがった性格でした。母がきたおかげで「人って助けられて生きてんな」と感謝する気持ちも生まれました。

――最近は徘徊がなくなり、幻覚という不思議な世界に生きるアサヨさん。

いすが全部子どもに見えるらしく、「この子らにご飯作れるか」というから、「ええよ」とこたえます。母は「よかった」と安心する。私も平気でウソがつけるようになりました。介護にはウソも方便と笑いが必要です。

私のなかで母はがんこで、融通がきかへん人だったんですけど、今はおしゃべり好きで、ひょうきん。昔は厳格な父に抑えつけられていたんでしょうね。

子どものころ、私は団体行動のできない問題児で、母は3日に1回は学校に呼び出されました。苦労したと思います。だから、10年間は面倒みようかなと、覚悟を決めました。介護は子育てと一緒と思うと気が楽になった。昔、苦労させた分、プラスマイナスゼロになりますもんね。


（2016年2月7日）

フードライター　大久保朱夏さん

鮮やかな料理と会話の工夫

――大久保さんの父の死後、横浜市で一人暮らしをしていた母（72）に明らかな変調が見られたのは２０１１年。祖父の葬儀で説明を何度も聞き直す姿をおかしいと感じ、翌年メンタルクリニックを受診して初期のアルツハイマーと診断されました。

その時、30代で介護など想像だにせず、認知症についても分からないことばかりでした。

認知症は緩やかに進むのかと思っていたら、困ったことが急激に増えてしまったんです。夜中に「お金がない」と介護事業所に電話したり、ごみ出しに行って自宅に戻れなくなったり。ご近所からも頻繁に連絡がくるようになりました。

薬を調整して

――結婚して住みはじめた東京から実家に通い、施設を探しますが、症状が強いため断られます。入院を考えて駆け込んだ病院の相談室に紹介され、大田区の東京メモリークリニック蒲田を受診。今までの薬は、興奮を高めて症状を悪化させる組み合わせだったことが分かりました。

要介護認定が4になり、このまま悪くなっていく一方なのか、と絶望した昨年（2015年）夏ごろが一番つらかったですね。薬を調整したら徘徊《はいかい》がやみ、執着が和らぎました。

母の生活環境を変えずに見守るため、昨年9月から同居しています。私のことは「友達の料理研究家」と思っているようです。母は今を生きているので、そのことを悲しまず、新しい関係をつくることにしました。色彩がはっきりした料理を「わぁ、きれい」と喜び会話が弾みます。食欲が出て体重も増えました。

肯定的な言葉を

毎日「今日は元気度何パーセント？」と尋ねます。「病気で寝ている」がゼロ。「20パーセント」との答えに理由を聞くと、「お金がない」と。「大丈夫！　元気でいれば90歳まで生きられるくらいあるよ」と励まします。最近は健康を自覚し、「70～100パーセント」になりました。

入浴を拒否していた頃、「気持ちいいよ、お風呂サイコー」といい聞かせていたら、ある日母が「お風呂サイコー」といったので思わず笑ってしまいました。入院した時のつらさなどの話を繰り返し聞くのも疲れるので、「その年でつえなし、入れ歯なしは立派だよ」と答えていると、否定的な話が減ったんです。

認知症の人は嫌な印象を強く覚えているといわれますが、いい感情も残るのだと思います。肯定的に言葉を返すことで母が落ち着けば、私も楽になります。

社会とかかわりながら

——東京の自宅に夫と愛猫を残しての介護。仕事が制約され先が見えないストレスも。

今は以前よりも穏やかに暮らせていますが、ずっと在宅介護が続くようではやっていけません。施設に入れればと思いますが、申し込んでも数年先の状況ですよね。保育園の待機児童問題が話題になっていますが、私の世代は子育てと親の介護が同時にきておかしくない、社会の縮図だと思います。
仕事がなければ孤独に陥り、煮つまってしまうでしょう。ブログなどで発信し、社会とかかわりながら誰かの役に立つことは、私自身の救いでもあります。

食感、色彩、栄養が大事

歯ごたえのある切り干し大根、ゆで野菜、色がきれいなトマトやニンジンなどは喜びます。低栄養や便秘予防に低脂肪・高たんぱくの肉や魚、もずくや根菜の食物繊維、水分がとれるメニューを心がけています。

拒否しにくい言葉かけ

「お風呂入る？」と聞くと断るので「マッパ（真っ裸）になって温まろう」というと「あ、マッパなの」と服を脱いでくれるように。

（２０１６年6月12日）

お互いに愚痴は面白く

映画監督 新藤風さん

祖父・新藤兼人の生き抜く支えに

――映画監督だった故・新藤兼人さんは、亡くなる前年、99歳で「一枚のハガキ」を公開するなど、死の直前まで映画監督としてメガホンを握りました。撮影現場に付き添うなど、仕事と生活の両方を支えたのが風さんです。29歳から6年間、祖父を介護しました。

100歳で亡くなるまで、祖父は生き抜くことを体現した人でした。映画を撮る欲、生きる欲が強い人だった。これからその生き方を一つひとつ確認していこうと思っています。

――介護をはじめるきっかけは、祖父の妻、乙羽信子さんが亡くなったことでした。

私と両親は、力を落とした祖父の様子を見に行くようになりました。

「本当に大事に思うなら」

祖父は最初、介助されることを嫌がりました。しかし入院をきっかけに、食事や歯みがきなど、自分のできることまで介助させようと甘えてきました。

同じように病院で介護する方から「甘やかすともっと老いてしまうから、本当に大事に思うなら、厳しくしないとだめよ」と指摘され、できることは、自分でやるように促すのに苦労しました。

ボタン一つとめるのにも時間がかかり、手をだしたくなります。祖父も「ちょっとやって」って言うんです。

やってあげるのは簡単ですが、優しさをはきちがえてはいけない。「そんなこともできなくなったら映画なんて撮れなくなるよ」と励ましました。

その後自宅に戻り、一緒に暮らすようになりました。仕事をする体力づくりのために、散歩をしたり、運動を一緒にやりました。

体の具合に合わせて手すりを増やしたり、歩行器を導入したりして、その使い方を一緒に練習しました。

祖父と私のテーマ

――若く、自分のやりたいこともたくさんあった風さん。「祖父に少しでも元気で仕事をしてほしい」との思いで介護をしながらも、自分のやりたいことができないことに悩むこともありました。

祖父が眠った時間だけが私の自由時間でした。夜、眠ったことを確認し、お化粧をして飲みに行くことでストレスを発散させました。

でも、出かけている間も、どこかで祖父のことを気にかけています。介護している人はみんなそう思っていますよね。

気持ちに余裕がなく、イライラしていたら、祖父にもそれが伝わり「したくないなら、してもらわなくていい。君が出ていきたいなら、出ていってもいいんだよ」

と何度も言われました。

愚痴りたいのは私だけじゃないんです。祖父も同じ。そのため、愚痴を聞かされる相手がうんざりしないように〝いかに面白く愚痴るか〟が祖父と私のテーマになりました。

肩の力を抜いて

――家族や周りの人たちにも支えられてきました。

私が、ご近所さんに「いまおじいちゃんが寝たからちょっとだけお茶飲みませんか」と、声をかけると、話し相手になってくれました。ヘルパーさんからは、介護のアドバイスをもらったり、「あなたが倒れたら大変だから、少し休んだら」と声を掛けてもらいました。その一言が精神的な助けになりました。

――100歳1カ月と1週間目に亡くなった新藤監督。亡くなるまでの1年半で、風さんが6時間連続して寝ることができたのは3日だけでした。

亡くなる前の2～3カ月間は、寝たり起きたりを繰り返す祖父のそばで睡眠がとれず、カリカリし、限界を感じていました。

もう少しまとまった睡眠がとれていたら、祖父に優しくできた。あの時、ああしたらよかった、こうしたらよかったんじゃないかと、いまでも自分を責めて涙が止まらないことがあります。

――祖父の死を通し、「生きているだけで幸せ」であることに気づいたという風さん。いま介護をしている人に、これだけは伝えたいといいます。

介護している人は、もっと肩の力を抜いていいと思う。無理をしないでほしい。介護をしている人の周りにいる人には、愚痴を聞いてあげてほしい。それが介護をしている人にとって何よりも救いになるからです。

（2014年7月27日）

介護アドバイザー　南田佐智恵さん

ぬくもりに出合って

誰にも頼れず一時は絶望……

――作家の故・渡辺淳一さんの秘書を長年務めた佐智恵さん。佐智恵さんの夫、秀男さんは、65歳未満で発症する若年性認知症。全国で患者は、推定約4万人（2009年、厚生労働省調査）にのぼります。秀男さんが若年性認知症（大脳皮質基底核変性症）と診断されたのは2008年のこと。当時秀男さんは56歳で、レストラン経営をへて、病院で福祉の仕事を始めたときでした。

夫が数年前から気力、集中力を失い、やせていき、「何かおかしい」と感じていました。うつ病やがんを疑い、人間ドックを2人で受けましたが、どこにも異常はありませんでした。

夫を認知症と疑うようになったのは、何気に洗面台にタオルを「かけておいて」と渡した時です。うまくかけられず、するりと床に落ちる。タオルのかけ方もわからないの！　と一気に不安になりました。

精神内科の医師に「10万人に1人の難病、効果的な治療法も薬もありません。詳しくはインターネットで調べて……」と言われ、底の見えない井戸にどんと突き落とされたような気持ちになりました。

どの病院でも、難病についての医療制度や介護保険のアドバイスはありませんでした。しかし、夫の認知症が受け入れられず、友人にも相談できないまま、入浴や着替えなどできないことが日々増える夫を、なんとか守りたい一心で、全て一人で抱えこんでしまいました。

無理をして、夫の見守りのために何十万円も払って家政婦も雇いましたが、仕事の後はエンドレスの介護。心身の限界をこえ、介護詐欺にあったり、霊能者にすがったり、ついには夫と死に場所を求めたこともありました。

支援と愛情に支えられ

――知人が地域包括支援センターに連絡をとってくれたことで、介護保険サービスの存在を知り、認知症の家族会ともつながることができました。

センターの人に「明日からヘルパーが行きますよ」と言われ、信じられませんでした。名前も言えなくなった夫に接し、私に「いっしょに頑張りましょう」と声をかけてくれた時は思わず号泣しました。

私の悲愴《ひそう》感が伝わったのでしょう。ヘルパーさんは「介護で困った時はいつでも電話してきてくださいね」と言ってくれました。

ヘルパーさんやデイサービスの方々など多くのみなさんの愛情をいただき、人生観が変わりました。

それまではいつも渡辺先生の本を出版することをゴールにし、印刷部数を増やすことに懸命でした。そんな私に「ゴールなんてなくていいじゃないですか。手をとりあって、ともに歩きましょう」と言ってくれる。人と手をとりあうぬくもりに出合いました。

別の世界を持つ

渡辺先生からも素敵な助言をいただきました。「恋愛と介護と子育ては、24時間真正面からむきあっちゃだめだよ」。心にしみ入りました。仕事という、介護と別の世界を持つことが、心のとりでになりました。

「夫と消えたい」ともらした時も先生は、「もったいない。60歳からの人生がどれだけすばらしいか。まだ本当にしたいことをやってないんじゃないか。やりたいことは?」と問われ、思わず「福祉関係」と答えました。

すべて人生の学びとして

――若年性認知症が進行し、要介護5となった秀男さん。10カ月の施設入所をへて現在は、在宅介護です。佐智恵さんは、ケアマネジャーのいる居宅介護支援事業所を立ちあげる準備をしています（２０１５年11月、大阪市北区にデイサービス「さくらサロン」をオープンしました）。

発症前、クリスチャンの夫は福祉の仕事に転職し「うんちやおしっこは人間の原点」と、オムツ替えの話を楽しそうにしゃべっていました。その時の私は、そんな話をする夫が嫌でしょうがなかった。

しかし、いまの私は、「うんちが出てよかった」と心から喜べるようになりました。においも、悲しみも、喜びも、すべて人生の学びとして、介護関係の資格もとりました。

認知症になっても生きがいと希望を持てる支援や介護をめざし、介護者の精神的支援をしていきたい。夫が教えてくれたことです。

（２０１５年２月15日）

映画監督　**安藤桃子**さん

映画「０．５ミリ」に込めた思い

芸能一家で

――桃子さんは、母がエッセイストの安藤和津《かづ》さん、父が俳優・映画監督の奥田瑛二さん、妹が女優の安藤サクラさんという芸能一家。高校生の頃、母方の祖母・昌子さんにテニスボール大の良性の脳腫瘍が見つかりました。

発見が遅く、手術は困難でした。それ以前から、異変はありました。激しい感情の起伏やうつ状態。味覚もおかしくなり、腐ったものをお弁当に入れたり。病院では「年のせい」と言われ、なかなか検査にいたらない。原因が分かったときの母の後悔は大きなものでした。疲れ果て、祖母に、死んでしまえ！　とまで思った自分を悔いて。もともと、祖母は頼りがいがあり、明るくて優しい人でしたから。

――桃子さんたちは、祖母と同じマンションの違う階に住んでいました。祖母が夜中に転倒し、十何時間も身動きできなくなった事故をきっかけに同居します。最終的に要介護度5に。家族総出で介護するまで、曲折がありました。

忘れない日

寝たきりになる前、2人でデパートへ行った時、トイレに間に合わず祖母がおもらしをしてしまったことがありました。後始末をしようとトイレの個室に連れて行ったのですが、体の大きな人だったから2人で入ると窮屈。尿の臭いも子どもと違ってきつい。手間取るうちに祖母が力尽きてへたりこんでしまい、思わず怒ってしまいました。尊敬していた祖母のおもらしが恥ずかしいと思ってしまった自分が情けなくて――。自分の小ささが悔しかった。この後悔は、死ぬまで忘れません。

高齢者への敬意を

祖母も、当初は家族に下の世話をされることに抵抗をもっていました。私たちがお世話をしたくても、拒否される。埋められない溝があって、しんどい時期でした。けれど、祖母が自らの現状と、家族の「助けたい」という気持ちを受け入れてくれたことで、介護は次第にスムーズになっていきました。

――祖母は2006年に83歳で亡くなりました。「いい見送りができた」と振り返ります。

介護は突然やってきますし、介護する側の心が豊かでないと成り立ちません。家族をサポートする体制をもっと増やしてほしい。

また、お年寄りの知恵を借りたり、大切に敬うことが今の日本では本当に少ないですよね。高齢者への敬意がない現状に怒りが湧きました。今度の映画「0．5ミリ」（2014年公開）は、そんな思いが原点にあります。

人でないとできない仕事

――映画の主人公は、高齢者宅へ乗り込む押しかけヘルパーです。安藤サクラさん演じるヘルパーのサワは、孤独な高齢者を物色しては自宅に住みつくという、押しかけヘルパーを始めます。誰にも相手にされない茂、寝たきりの妻と暮らす義男、虐待されている少年……。それぞれと生きる喜びを分かち合うサワの、たくましい物語です。

今の時代のヒーローを象徴的に描きたかった。コミュニケーション能力にたけて、丁寧に仕事をするサワちゃんはまさにミューズ（女神）、ヒーローです。介護は人と人がかかわる、非常に高度な仕事。人でないとできない大事な仕事です。それだけに、しんどい仕事でもある。もう少し、彼らを取り巻く環境が良くなってほしい。そして、死の入り口に近いお年寄りと、未来を担う子どもの両方をまず大切にしたい。今の日本では、両者がないがしろにされている。だから中間世代にもいろんな問題が起きているのだと感じます。両者が大切にされてこそ、本当の「和」が生まれるのだと思います。

――劇中、サワが義男から戦争の話を聞く場面があります。桃子さん自身が元兵士から聞いた話だといいます。

あと10年もしたら戦争体験者がいなくなります。ということは、また一つ大きく時代が動く。私たち人間は、暴力でなく言葉で物事を解決できる生き物です。コミュニケーションをベース（基盤）に先人たちの知恵を、しっかりと受け継ぎ、バトンタッチをしなくてはと思います。

（2014年11月9日）

国際ツーリストビューロー　富田秀信さん

ハラハラ介護の20年

ええかっこせずに

――学童保育の指導員だった千代野さんが心臓発作で倒れたのは49歳のとき。無酸素脳症で脳に損傷を受け、記憶や認知に大きな障害が残りました。

倒れていた妻を発見したのは当時中1の娘でした。2人の息子は専門学校生と高校生。情けないおやじは、知らずに赤ちょうちんで飲んで帰り、叱られました。

妻は、四つの病院を転院して、「どうにもならんから」と家に戻ることになりました。介護保険のない時代です。

何度役所にいっても、高齢者福祉（65歳以上）の対象にならない。「奥さんは若すぎます」と言われました。

「妻の故郷（丹後）に行くか、でも仕事がない」と悩みました。最後は開き直りました。育ちざかりの子どもがいて、仕事を辞めるわけにはいかない。男だからとええかっこせずに、友人や近所の人にもＳＯＳを出すことにしました。「ちょっとでも、カミさんをみてもらえませんか」と。無認可の施設、公民館の一角、人様の家で預かってもらいました。

職場で理解を得るために

——2000年には介護保険制度が導入されました。千代野さんは最も重い要介護5。3人の子は独立し、夫婦2人の生活に。朝8時にヘルパーがきて、仕事に出かける秀信さんと交代。千代野さんは朝食を食べさせてもらい、平日は毎日、デイサービスへ通います。

午後5時には妻が戻ってくるため、神戸市の職場を午後3時に出なければ間に合いません。できるだけ、担当の京都を営業で回り、直行直帰しています。

職場で理解を得るには、僕なりに業績をあげる工夫をしました。生活者の視点で旅の提案をし、新しい分野に顧客を広げました。

例えば、私が妻と温泉にいっても一緒には入れないところが多い。高齢者や障害者が家族と入れるお風呂をつくれないかと、旅館に提案し実現させました。

妻のことを隠さず語ることで、福祉や医療団体の人がお客さんになってくれました。

ハラハラすることは、山ほどありました。ベトナム旅行の添乗をする直前に妻が熱を出し、ショートステイ先から「預かれない」といわれました。病院を探して、出発の前々日に入院させてもらい、どっと疲れました。

変化が元気のもと

――倒れた当時、ほとんど自分から話すことはなかった千代野さん。秀信さんが外へ連れ出すなかで変化が。

妻を、プールや元の職場の集まり、通っていた書道の会に連れていきました。周りの人も喜んでくれ、本人にも変化がありました。

最初は字も読めなかったのが、新聞を音読し、観客を前に宮沢賢治の「雨ニモマケズ」を朗読するまでになりました。

ある集会では、受付で、「○労働組合こんぺいとう分会」と正確に書きました。若いころの労働組合の集会に来ているつもりだったんでしょう。記憶障害になっても、若いころの原風景が刻まれている。人間ってすごいんですよ。妻の変化を見続けていることが、僕の元気のもと。子どものようになった彼女は、僕のことを父親だと思っていますけどね。

隠さずに発信

――秀信さんが千代野さんと出会ったのは、新聞奨学生のころ。配達・集金・拡張に追われ、通学できないばかりか精神疾患になる学生が続出しました。待遇改善を求めて仲間と労働組合を結成。当時保育士の千代野さんは頸肩腕《けいけんわん》症候群の労災認定を求めていました。

今でいうブラックバイトです。あのころの地獄のような日々を思えば、「なんと楽観的な展望か乗り越えられる」と変な自信がありました。やってこられたのは、職場や社会の仲間のネットワークがあったからです。

妻の介護をみてきた次男が、福祉の仕事に進むと聞いたときは涙が出ました。

20年間の歩みをまとめた『千代野ノート』を最近出版しました（２０１６年、ウインかもがわ）。子どもたちへの遺言です。財産は残せないけれど、介護をしながらおやじはどう生きたか、伝えたかった。

僕のような男性介護者が隠さずに発信することは、職場や社会を劇的に変えると思っています。これからは、だれもが何かを抱えながら働くことができる、人間らしい働き方を実現する時代です。

（２０１６年7月10日）

洋画家　城戸真亜子さん

教わった「丁寧な生き方」

文字の力を痛感

——夫の母に「料理の味つけがおかしい」「造花に水をやる」などの異変が見られ始めたのは70代の後半。面倒を見ていた義父ががんに倒れた2004年、城戸さん宅での同居が始まりました。義母が82歳の時でした。

その3年前に実父をがんで亡くし、もっと一緒にいればよかったと後悔が残っていたので、できる限りお世話したいと思いました。

初めの頃、母は「知らなかった」「初めて聞いた」とよく言っていました。認知症の症状の一つで、新しいことが覚えられず、少し前のことでも丸ごと記憶が抜け落ちるのです。

義父の入院を口頭で説明しても「そんなはずはない」と納得しません。そこで、病状や病院などを紙に書いたところ「あらそうなの。確かに書いてあるわね。じゃ、お世話になります」とすんなり納得してくれたのです。文字の力を感じましたね。

そこで、母への尊敬の気持ちや、一緒にいてうれしいことを伝えるために絵日記をつけ始めました。母は笑顔で読み返しては心を落ち着けてくれました。

母の思い出話から、好きなことや、何を誇りに感じているのかを知り、本人にストレスがたまらないような応対を心がけました。

全力ではなくとも

――財布や時計が「ない」と声をあげる症状は、義父と2人暮らしの時からありました。

「ない」というものは本人が大切に思っているもの。貴重品を1カ所にまとめるとか、一緒に捜すことでほぼ解決します。

ところがある時、「お茶の釜を公民館に忘れてしまった。車で送ってくださる?」といわれました。母はお茶やお花の師範で、教室で教えていたことがあるのです。

その日は私も仕事で、気持ちに余裕がありませんでした。ちょうどデイサービスの日だったので、迎えのバスに乗せて送り出してしまえばそのうちお道具のことは忘れてしまうだろうと思ったのです。

ところが「あら、あなたは一緒に捜しに行かないの？」と困惑した表情で言われ、信頼を裏切るひどいことをしてしまったと反省しました。

１００パーセント全力で対応すれば、気力も体力も持たないかもしれませんが、誠意だけは尽くすべきでした。介護する方が独りで負担を抱え込まないよう、何でも話せる相手がいるのも大事ですね。

母がいることで

――この10年で義母の介護度は要介護2から5に進み、今は特別養護老人ホームにいます。介護保険制度の内容も変わりました。

使えるサービスが減りましたね。要支援の訪問・通所介護が保険から外れるなど、心配する人が多いです。

認知症の初めの頃は本人の不安が大きく、歩き回ったりする症状もあって介護する人も大変です。その辺の理解があまりないのでしょうか。国は介護に関する予算を手厚くしてほしいです。

介護保険が薄くなってきているのは残念ですが、地域で認知症の人を支える動きもあります。子どもがお年寄りと触れ合える世代交流の場が理想ですね。

――10年前、城戸さんは仕事がうまくいかず自信をなくしていました。家族の会話や季節の行事を大事にする「丁寧な生き方」がしたいと思っていた矢先の介護。そこから得たものとは――。自身の介護経験は、著書『ほんわか介護―私から母へありがとう絵日記』（2009年、集英社）、『記憶をつなぐラブレター　母と私の介護絵日記』（2016年、朝日出版社）にも綴《つづ》られています。

自分の存在が母の役に立っているという思いが気持ちを強くさせてくれ、救われた部分もあります。母がいることで、お彼岸におはぎを作ったり、お花見を楽しむなど丁寧な暮らしができた。また、絵を描き表現する仕事にも役に立ちました。

——老いることへの覚悟もつきました。

今はもう会話することも困難になっていますが、夫の弟から届いた桃を見せたらニコニコして「桃！」って。刻んだ桃を少し食べられたんです。一日でも楽しく生きてほしい。

母を見ていて、自分が認知症になったらどうされたいか、住まいや持ち物は……など準備しておかなければと思うようになりました。

（2014年9月7日）

映画監督

関口祐加さん

一歩引いて見てみると

認知症の母と向き合って

――認知症になった母・宏子さん（83）の日常をユーモラスに描き、介護のイメージを大きく変えたドキュメンタリー映画「毎日がアルツハイマー」（毎アル、2012年公開）。その続編「毎日がアルツハイマー2～関口監督、イギリスへ行く編」が2014年に公開されました。

2年前（2012年）に「毎アル」が公開されたとき、お客さんには「認知症がテーマなのに、笑っちゃっていいのかな」という雰囲気がありました。それが変わったのは、2～3カ月たってからでしたね。

おかげさまで今も各地で上映会が開かれています。「母のその後を知りたい」という声が多く寄せられ、続編の製作が決まりました。

――「毎アル2」では、部屋に閉じこもっていた宏子さんがデイサービスに通い、楽しく過ごす姿が映し出されます。

前作で母は「まだらボケ」だったので、自分がいろんなことをできなくなるつらさを認識し、それが恥ずかしいと閉じこもっていたんですね。今は症状が進み、つらさから解放されたんだと思います。

母の苦しみは終わりましたが、これから母をどうケアするか、今度は私の不安が募りました。

気丈で、私の干渉を拒絶していた母が、今は私に頼りきって何でもいうことをきいてくれる。それを「介護しやすくなった」と考える人もいるけれど、私は怖い。親子の力関係が逆転して、虐待してしまう危険性も出てくるのではないかと。

人として尊重する

――模索するなかで「パーソン・センタード・ケア（PCC＝認知症の人を尊重するケア）」に出合いました。認知症の人の視点に立ち、一人ひとりに適切なケアを導き出す方法です。「毎アル2」ではPCC発祥の地・イギリスへ行き、現場の様子を伝えます。

それぞれが違った人格を持ち、違った人生を歩んできた人たちなので、ケアの仕方もバラバラ。「認知症」と一くくりにせず、一人の人間として尊重されることで、心穏やかに過ごしている姿が印象的でした。

一方、日本では、政府が介護保険にかかる費用を抑えようとして、〝その人にとってベストな介護は何か〟ということよりも、〝費用がかからない介護〟の優先を家族に押し付けている現状に、危機感を抱いています。

――宏子さんに認知症の症状が現れ始めたのは2009年。当時、関口さんは息子の先人《さきと》くんとオーストラリアに住んでいました。

12月に一時帰国して、クリスマスに家族でケーキを食べた数時間後、息子の書いた「クリスマスケーキ忘れないでね」というメモを見た母が、「どうしよう、ケーキ買うの忘れちゃったよ」と慌てて私のところに来たんです。自分にも他人にも厳しく、人に弱みを見せなかった母が、自分に何が起きているのか理解できず、おびえた目をして私を見ている。一番怖いのは本人なんだと胸を突かれました。

母のそばにいないと自分が後悔することになる。瞬時に、日本に帰って母と暮らすことを決意しました。

――実は、関口さんはずっと母親のことが苦手でした。宏子さんも、オーストラリアに留学した関口さんが映画監督になったことに失望していました。

認知症になった母は喜怒哀楽を豊かに表現し、とても魅力的です。お互いに素直に話せるようになり、幸せですね。

できないことをオープンに

――介護で悩む人たちに伝えたいことがあります。

介護をする人が、全部一人で背負ってしまってはダメです。できないことをオープンにして、助けを求めてほしい。

私は以前、母がどうしてもお風呂に入らなかったとき、訪問看護師に自宅に来てもらい、最低限の清潔を保つ手だてをとりました。

認知症で一番苦しんでいるのは、介護をする側ではなく認知症の本人です。その本人の立場になって、なんでそうなのかな? と考えることが大切だと思います。介護をする人がそんな余裕をもつには、仕事を続けたり、趣味の時間を持ったりして自分を大切にすることと、感受性をみがくことが必要です。

私が好きなチャプリンの言葉に、「人生は、クローズアップでは(近くで見れば)悲劇だが、ロングショットでは(引いて見れば)喜劇である」というのがあります。苦しいときは一歩引いて見る。大変なときこそ笑って過ごしましょうよ。

(2014年7月6日)

女優・ビーズ作家　秋川リサさん

憎み切れなかった自分にほっとした

――母、千代子さんの認知症に気付いたのは、2009年ごろです。近所の商店街で母が無銭飲食をしたことがきっかけでした。それまでにも、「通帳がない」「盗んだでしょ」と言って騒ぎになることはありました。息子は就職、大学を卒業した娘も夢に向かって歩み始め、「やっと自分の時間がもてる」と思っていたときです。

終わらない一日

――介護認定は最初要介護1だったのが、半年で3に。介護保険でデイサービスやショートステイを活用し、当時同居していた娘の麻里也さんの協力を得て介護が始まりました。その後、千代子さんは、徘徊《はいかい》を繰り返すようになりました。

一日がいつ終わるのかわからない、気の休まらない毎日でした。うっかりうとうとすると母はいなくなる。デイサービスのお迎えがくるから玄関で待っていて、と伝えていてもいなくなる。「もうこのまま帰ってこないでほしい」と思わなかったといえば、ウソになります。仕事場にいるとホッとしました。仕事をやめてつきっきりになっていたら、共倒れしていたかもしれません。

周りに支えられ

――明るく冗談を言いあえる娘や、徘徊につきそう犬のチェリー、商店街の人たちに支えられました。

母がデイサービスに行っている間、気分転換でお茶を飲みに出かけても、商店街の人は「いいの？　介護があるんでしょ」なんて余計なことを言わず、寛大でした。

近所のバーのマスターは、2泊3日の旅行に「みんなで行きませんか。おばあちゃんの面倒は僕や従業員がお手伝いしますから」と誘ってくれました。私も「行く行く」と、迷惑がかかるなんて考えなかった。オムツをした母と私と娘3代の思い出の旅になりました。

母の日記

──ある日、部屋を整理していると、千代子さんの日記を見つけました。青春を戦争にまきこまれ、アメリカ軍人との間に秋川さんをもうけシングルマザーとなった千代子さん。認知症になる前に書かれた25年以上におよぶ日記には、「娘なんて産まなければよかった」など秋川さんへの恨みが書かれていました。

そのときの映像をはっきり覚えています。ショックを受け過ぎたのか、腹が立ったのは数日してからでした。

私は家計を支えるために高校時代からモデルとして働きました。その後、私もシングルマザーになり、子育てをしながら仕事を続けました。母は収入もなく、「恋人と暮らす」と出ていったり、戻ってきたり。振り回されどおしだった。それなのに、と冷静ではいられなかった。

娘も私も心身ともに限界をこえていました。「距離をおいたほうがいい」と、施設を探すきっかけになりました。

——特別養護老人ホームは何百人待ち。家のローンも残っていました。やっと入れそうな施設を見学に行ったときのことです。

尿とアルコールの臭いが鼻をつく施設でした。「気にいったらそのまま置いていっていいから」「死んでも、来なくて大丈夫」という職員の言葉が胸にささり、涙がとまりませんでした。こういう施設に入れざるを得ない家族の気持ちもわかりました。でも、「ここに入れたら後悔する」と思った。母を憎み切れなかったし、そう感じる自分にほっとしました。

死と向かい合う

——千代子さんは、2011年に介護つき高齢者専用賃貸住宅に入り、現在特別養護老人ホームに入っています。

プロに任せ、お互い救われたと思います。

私は、若いころからうつ気質で、「もういや。死んじゃいたい」と思うこともよくありました。介護を経験し、死に真剣に向かい合ってみると、死が怖くなった。生きるって大変だなと思う一方、これからどう生きるか、生きることに責任をもちたいと思うようになりました。子どもたちと、老後の計画を話しあいました。

介護をしている人に言いたいのは、頑張りすぎないでほしいということ。「頑張って」という言葉が嫌い。もう頑張っているんですから。

（2014年10月5日）

漫画家　**岡野雄一**さん

ボケるのも悪くはないな

――漫画『ペコロスの母に会いに行く』の作者、岡野雄一さん。認知症の母、光江さんをモデルに描き、映画やドラマにもなりました。「ペコロス」とは小さなタマネギのこと。自身の丸っこいハゲ頭をなぞらえたペンネームです。編集長をしていた長崎市内のタウン誌に母の日常を連載したのが始まりでした。

父が若い頃酒乱で、酔って暴れたり包丁を持って母を追いかけるのを兄弟で止める日々でした。逃げるように長崎を離れ、東京で漫画雑誌の編集をしていましたが、離婚を機に帰郷しました。父は酒をやめ、夫婦で穏やかに暮らしていました。

「ほどける」感じ

母に認知症の症状が見られ始めたのは、2000年に父が80歳で亡くなった頃です。みそ汁の味が変になり、包丁で手を切ったりしたので、今度は母から包丁を隠しました。

タウン誌の仕事は時間帯が自由です。昼間様子を見に帰るので、息子が働いてないと思った母から、「うちの財布からカネを持っていきよろう。ドロボー」となじられ、カッとなったことも。漫画では面白おかしく描いていますが、たんすに汚れた下着を大量に隠していたのも弱りました。

ただ、僕は母のボケを悲観的にはとらえなかったです。しっかり者の母が、父を見送って気を引き締める必要がなくなった。もういいかと緩んで「ほどける」感じがしました。

神奈川に住む弟が帰省して母と墓参りをしたんです。翌日母に電話すると覚えておらず、「何年も会っとらんねえ」と（笑い）。そんなエピソードを漫画に描いたら、飲み屋のママさんやお客さんが「うちもそう」「あるあるネタ」と共感してくれました。

当時はまだ認知症という言葉もなく、介護しているという認識も薄かったですね。

紙一重の笑い

——発症して5年、光江さんが脳梗塞で入院。要介護3と認定され、市内のグループホームに入所しました。漫画では、光江さんが時空を超えて幼なじみや夫と会話する幻想的な場面が出てきます。

「（施設にいる）母に会いに行く」というタイトルは、介護していないという後ろめたさもあります。でも、詩人の伊藤比呂美さんが「それもまた介護」といってくれました。

親を支えようと頑張りすぎてうつになったり、介護疲れの心中など悲惨な話もあります。そういう切実さのなかで、深刻さと紙一重の笑いをまじえた認知症の漫画が求められたのかなと思っています。

単行本の読者はがきで、「甘い」「介護はこんなもんじゃない」と厳しい意見もありましたが、「読んでよかった」と付け足してある。

認知症は百人いれば百通りの症状があります。母の不穏（大きい声でどなったり、不機嫌で興奮するなど）の状態は入院してから急に進みました。家にいた時はひどくなかったんです。「物をとられた」妄想の対処として、いい例・悪い例のイラストを描いたことがありますが、それぞれです。介護する家族は人間的に鍛えられるかもしれません。（笑い）

90歳近くになって発語は減りました。それでも時々発する二言、三言から、今生まれ故郷の天草にいるんだなとか、父が来ているようだと想像力を膨らませて漫画にしました。

父のことを聞くと「いい人やった。でも弱か人やった」と。不思議に、暴力を振るわれた記憶は出なかったようです。認知症のいい面というか、ボケるのも悪いことばかりじゃないなと思います。

絶妙な1年半

――光江さんは食べる力が衰え体重が34キロを切り、施設の人に胃ろうを勧められた岡野さん。1カ月迷い、胃ろう造設を決めました。その1年半後に光江さんは亡くなります。

胃ろうをつけず自然に逝くのがいいのか、すごく悩みました。いろんな人に意見を聞き、最終的に一日でも長く生きてほしいと決断しましたが、正解は今でも分かりません。

胃ろうで永らえた1年半は、長くもなく短くもない、覚悟ができるまでのちょうどいい時間でした。手足が縮んで子どものように小さくなった母がゆっくり着地する絶妙な長さ、距離だったと思います。

これからも母の世界を漫画に描き続けたいと思っています。

（2014年11月30日）

フリーアナウンサー　岩佐まりさん

若年性アルツハイマーの母と生きる

東京で同居を決意

——母のもの忘れが始まったのは12年前（2003年）。当時20歳だった岩佐さんは大阪の実家を離れ、東京で芸能活動とアルバイトの日々を送っていました。

電話で同じ話をすることが増え、洗濯機や電子レンジの使い方がわからなくなり……。一緒に病院に行き、「アルツハイマー」と診断されたときはショックでした。母と手をつなぎ、泣きながら家に帰りました。このときから、いずれ私が介護しようと決めていました。

母には「あんたにはあんたの人生があるやろ」と何度も断られました。でも、病気が進行し、父が一人で介護するのは限界だと感じた2年前（2013年）、東京で一緒に暮らすことを決意しました。相談したケアマネジャーさんには「苦労するよ」と心配されました。それでも、支えがなくては生きていけない母と離れて暮らすことのほうが不安でした。

「後悔しないように、やりたいことをやりなさい」。母は私に、ずっとそう言ってくれました。だから私は、自分が後悔しないためにも、母のそばにいて楽しい時間をあげたいと思ったのです。

介護を始めた当初は、それまでのように飲みに行ったり遊びに行ったりすることができなくなり、離れてしまった友達も少なくありません。若い男性は、「介護？　遊べないの？」と去っていく人も多く、介護への無理解を突きつけられます。そうしたなか、私とのつきあいを続けてくれた友達との絆は、以前より強く深くなりました。介護を通じ、新しい出会いも増えました。

感情的になって

――楽しいことばかりではない介護生活。母親の「不穏」にも悩まされました。

不穏は毎日のこと。朝起きると「バカヤロー」と叫びながら怒り出し、一生懸命作った食事を「まずい」と言う。「こんな家つまんない。帰る」「おまえはアホか」

と、ひどい言われようです。

優しかった母にひどい言葉をぶつけられ、つい感情的になったことも。どうすればいいかわからず、服が裂けそうになるくらい引っ張り合い、泣きながらぬいぐるみを母に投げつけたこともありました。

今では、母が不穏になったときは、その理由を探るようにしています。おなかが痛いのか、熱はないか、眠いのか……と、いろいろ試しながら、ずいぶん落ち着いて対応できるようになりました。

大変なことは多いですが、笑顔を忘れないように心がけています。関西人の親子なので、私がわざとボケて、母が「ちがうやろ～」とつっこんだり。睡眠時間を削ってでも、友達に話を聞いてもらってストレスを発散し、体の疲れよりも心の疲れをためないようにしています。

「介護＝お世話」ではない

——今年の春、介護職員初任者研修（旧ホームヘルパー2級）の資格をとりました。

母の症状が重くなり、手に負えないことも出てきました。病気や介護のことを、もっと理解したいと思ったのです。

学校で学んだのは「介護＝お世話」ではないということです。相手ができることを生かしつつ、できないことを助ける自立支援なのだと教わり、母と向き合う意識が大きく変わりました。

つい子どもに接するようになってしまいがちですが、母が母でいられるようにするのも、娘の役目だと思っています。

母は私がちょっとせきをすると「風邪ひいたんか？」と心配してくれます。一緒に買い物に行って、私が「あ〜重たい」と言えば、「大丈夫？」と持てないのに持とうとする。私が困ると反射的に何かしようとしてくれるのです。言葉はずいぶんわからなくなってしまったけれど、ずっと私の表情を見続けてきた母だからこそ、私がつらいことに、すぐ気がつくのでしょうね。

——現在、お母さんは要介護3です。

私が仕事にでかける日中、週6日はデイサービスに行き、週に1度は泊まりも利用しています。時間外の延長など、介護保険は利用すればするほど負担がどんどん増える。もっと利用したくても高くてできないのが現状です。

仕事を続けながら、これからは結婚や出産もしたいです。誰もが当たり前に介護ができる、福祉の充実した社会になることを願ってやみません。

（2015年8月2日）

映画監督

野中真理子さん

寛容に寄り添う大切さ

「暗黒地底」の時間

――野中さんの11年ぶりの新作「ダンスの時間」。主人公、女性ダンサーの村田香織さんが、仕事や母親を介護する日常を追いました（ホームページはhttp://www.dance-no-jikan.com/）。村田さんは水族館でショーを演出し、スタッフに体をつかったコミュニケーションを教えます。生きることそのものがダンスの香織さん。見る人の心と体を開いていきます。

野中さん自身、撮影中に認知症の父をみとり、今は一人暮らしの母を見守る日々。介護から得たものは――。

前作「こどもの時間」（2001年）と「トントンギコギコ図工の時間」（2004年）を撮ってから、私は「暗黒地底」の時間にいました。慣れ親しんだ地域から、高齢になった両親のそばへ引っ越し、父の介護と母の生活支援に向き合いました。思春期真っただ中の子育てにも悩み、気持ちが閉じていきました。

そんなとき香織さんに会って、この人を撮りたいと思いました。香織さんは、相手のことや、大地や空や生き物を感じながら生きているような人。その魅力にふれて、自分もエネルギーをわきあがらせたいと思ったのです。

「自分で歩きたい」

――野中さんの父は、パーキンソン病、がん、認知症（レビー小体型）を次々に発症。病院につきそい、できるだけ両親の家を訪ねて介護しました。

体が不自由な父の介助は、思うようにならず、切なくてイライラしてくる。耳も遠くて、「だから」と大声をあげてしまう自分が嫌になりました。

父が夜中に転んだまま起き上がれなくなったり、幻覚でおかしなことを言いだしたりして、母が疲れていくことも心配でした。

そんなとき、介護への考えを変えさせられる出来事がありました。

病院につきそったときです。一歩足を出しても3センチぐらいしか進まず、その一歩も出ない。焦って「おぶるよ」と言ったんです。もう、表情も乏しくなっていた父が、「いや。自分で歩きたい」と。その言葉がすごくうれしかった。

当時、高校生だった息子は朝起き上がることができず、学校を休みがちになりました。息子の生命力が停止したように思えてつらかった。それだけに、身体機能も思考もままならない父が、精いっぱいの力で歩きたいという言葉に気付かされました。介護は一方的にお世話をするものと思っていたけれど、「ああ、私が生きるということを、教わっているんだ」と。

「心は生きている」

――その後、父は寝たきりになり、2カ月半ほど入院し亡くなりました。

夜中も面会できる病院で、毎日通いました。父が子ども時代、満州で両親と撮った写真をもっていくと、ボロボロと涙を流しました。認知症について医学的なことはわからないけれど、「心は生きている」と感じました。

夫や娘、息子もよく会いに行きました。手足をさすったり、目を合わせていると気持ちが通じます。亡くなって寂しいけれど、父から「死は怖いものではない」と、贈り物をもらったような気がしました。お葬式では息子もシャキッとして、頼もしくなりました。

打ち明ける

――一人になった母は、デイサービスと介護ヘルパーの助けを借りて猫と暮らします。89歳、要介護2です。

父の介護から解放されて、残された自分の時間を穏やかに暮らしています。わずかな散歩をしたり、ラジオを聴いたり。猫の世話が心の張りのようです。

私にとっては厳しい人で、母とは気が合わないと思っていました。

母からは、「私の人生残念だった」みたいな愚痴もよく聞かされました。それが「つらかった」、と最近打ち明けたら、母は「悪かったわね」と謝りました。私はがーっと泣いて心が氷解しました。老いのおかげで、互いに許容範囲が広がり、心が通うようになりました。

映画の主人公の香織さんは、「できない」と拒否する認知症のお母さんの気持ちをのぞきこむように見つめ、「大丈夫よ」と話しかけます。

彼女を撮影しながら、心に触れるコミュニケーションの大切さに気付きました。母にも「ありがとう」って言うようにしています。1分後に怒ったりもしますけど。（笑い）

介護は寛容さや相手の気持ちに寄り添うことなど、人として大切なことを教えてくれます。自分と違う人と許容しあいたい。相手を否定し暴力的にねじふせることにはNOと声をあげたいと思います。

（2016年10月9日）

ノンフィクション作家　**沖藤典子**さん

恨みや圧力に苦しんだけど

葛藤の夫婦関係から

――頑強だった夫が大学病院に入院したのは２０１３年５月。悩まされていた足の痛みの原因は、動脈硬化による血流障害。「閉塞《へいそく》性動脈硬化症」と診断されました。血管の手術・治療に加え、足を切断することに。

介護のつらさには、肉体的なもの、経済的なもの、精神的なものがあると思います。

私の場合、葛藤にみちた長い夫婦関係のおりのようなものに苦しみました。夫はモーレツサラリーマンで世間受けはよくても、大酒飲みでＤＶ（ドメスティックバイオレンス＝配偶者間暴力）がありました。私が病気をしたりすると、「不養生のせいだ」と責めるような人でした。

介護を機に、過去の怒りや恨みが爆発しました。それを長い手紙のような形で吐き出して、感情を整理しました。追い打ちをかけたのは周りからの良妻圧力、老妻バッシングです。

夫の診療に付き添うと邪魔だと医師に叱られたり、周りに愚痴をこぼすと「あなたの旦那さん教育が悪かったから」と言われたり。「健康管理など夫の問題は妻の不出来」といった意識が、私の世代や社会に根強いことを初めて知りました。

在宅介護に踏み切って

——その後夫は、療養型病院に転院。通算500日間の入院生活をへて自宅に戻ってきました。

夫のいた療養型病院は、重症や認知症の人がほとんどでした。1日30分のリハビリ以外は、テレビを見るか、寝ているか。生活がありませんでした。

「退院する? もっとリハビリのある老人保健施設もあるから、そっちに行く?」と聞くと、初めて夫は「いやだ。家に帰りたい」と言いました。

夫は友人には、「妻には感謝しても、しきれない」と言ったそうですが、私には

「ありがとう」も「すまない」もありません。直接言ってもらえないとむなしいですね。でも、50年以上一緒に暮らしてきて、「最後はちゃんとお別れしたい」「できるだけのことはしたい」と思い、在宅介護に踏み切りました。

本当に良かったです。お酒を飲んで暴れたりしない夫はそれなりにかわいい。

夫は要介護3。特養（特別養護老人ホーム）のデイサービス、老健（介護老人保健施設）にも計3回／週通いました。ヘルパーが足浴をし、看護師が血糖値を調べ、医師が診察、薬剤師が薬をもってきてくれる。人と交流する生活には活気があります。

夫は入院中悩んでいた便秘がすぐ治り、能面のようだった表情が生き生きしてきました。

「リハビリで歩けるようになったら、春には花見にいこう」といった会話もできるようになり、希望があった。

私もぼちぼち仕事や息抜きもしながら、穏やかな日々でした。

ところが夫は、在宅22日目に急性心不全で突然亡くなりました。もう少し時間がほしかった。あっという間でした。

――沖藤さんは、夫の亡きがらに語り掛けました。結婚以来の胸にためてきた思いを……。

夫にはもう聞こえない。でも、声に出して語ったことで、さらに心の整理をして前に進むことができました。

人の死に立ちあうことは、心を鍛えられ、命の尊さを再認識します。人が生きていくうえで大事なプロセスの一つです。嫌だといわず、親やパートナーの遺言と思って向き合うことは必要だと思いました。

公的な介護体制が必要

――20代で母を、30代で父を介護しました。介護問題を取材する原点です。

がん末期の父を自宅で介護したのは40年も前です。私は会社勤め。中学生と小学生の子どももいました。当時、痛みの緩和治療も、介護保険もありませんでした。

会社を辞めようかと思っていた矢先に父は亡くなりました。かわいそうでした。その気持ちが介護問題にかかわるエネルギーになりました。

ずっと公的な休業制度や社会的介護体制の必要性を投げかけてきました。「私のように素人が泣き泣き髪を振り乱してやるのが親孝行じゃない。社会的に専門家の目と手でお世話することこそ、本当の親孝行では」と。

夫の退院前のカンファレンス（情報共有などのための会議）は、病院や訪問医療・看護、介護、デイサービスなど各専門家が一堂に会しました。「長年の夢がかなった」と感動しました。

政府はいま、施設介護を見直し、在宅介護にシフトしようとしています。悪い方向ではありません。しかし、介護の働き手が備わっていないなかで、互助や家族でごまかされては困ります。

まして憲法24条に「家族は、互いに助け合わなければならない」と加える自民党の憲法改正草案は、とんでもない家族主義への揺り戻しです。許せません。

（2016年11月20日）

精神科医　香山リカさん

悔いが残っても自分を責めないで

父を遠距離介護

――香山さんの父は、70代半ばまで産婦人科医院の院長を務め、その後も週に2～3回、近隣の医院で検診をしていました。香山さんは実家のある小樽市と東京を行き来する遠距離介護を続け、2011年、在宅で82歳の父の最期をみとりました。

通所や在宅のリハビリが必要になったのは亡くなる1年半ほど前からです。母は、子どもには迷惑をかけず、自分が父を支えなきゃと思っていたようです。

私は、東京に呼び寄せようとマンションを借り、変形性股関節症が悪化した父のためにバリアフリーに改装しました。しかし父は病状が悪化し、マンションにくることはありませんでした。

――亡くなる1年ほど前から、慢性腎不全が悪化したのです。

私は病院の診療や大学の授業、講演やテレビの仕事があり、まとめて休むことは難しかった。実家に帰れるのは、月に数回でした。

母に毎日電話をしました。娘であることと医師との線引きが難しく、食事療法について「こうすべきだ」と指示したり……。食べたものをファクスで送ってもらい、チェックしたりもしました。

おだやかな父は、私の気持ちをわかってくれ、「はいはい」とつきあってくれました。そんな父が食事療法を途中でやめてしまうことがあり、私は怒りました。

いま思うと、遠隔操作しようとしたんですね。親のことを考えず、自己満足でした。

延命しない決断

――その後父は、皮膚疾患の手術のために入院。手術は成功したものの、意識障害を起こしました。

手術後、麻酔から覚めないような状態になりました。

最初、医師の前向きな言葉にすがり、死が近いとは思えませんでした。でも、亡くなる数日前、敗血症になった時には、「もうダメだ」とわかりました。

全ての仕事をキャンセルし、弟と交代で病院に泊まり込みました。

看護師が点滴に次から次へと薬を入れていくんですね。食事がとれないから、高カロリーの点滴をし、その結果、血糖値が上がるので今度はインシュリンを投与する。血圧が上がりすぎると降圧剤を投与する……。振り返ると、私もかつて、同じような指示を看護師にしていました。

「それって意味のあることだろうか」「先が見えているのなら、全ての管を抜いて、家に連れて帰った方がいいのではないか」。自然体の父は、積極的な延命治療をしようという人でなかっただけに、悩みました。

母に相談しました。弱気な性格だと思っていましたが、その時は「そうしましょうよ」ときっぱり言ったんです。

主治医からは「えっ、こんな状態だと、家までもつかわかりませんよ」といわれました。「それでも、かまいません」と伝えると、30分後には退院の手続きをしてくれました。

意思を尊重する

――自宅に戻り、いつものベッドに戻すと、意識のない父の目から涙が……。

それを見て母も叔母も、「喜んでるね。病院と違っておだやかだね」と言いました。

自宅に戻ったその夜、父は亡くなりました。

在宅でみとればよかったと自分を責める人もいます。逆に自宅で介護し、家族が重い負担を負うこともあります。父が亡くなったあと、「もっと早く連れて帰っていればよかったのでは」と思うと、平常心ではいられず、「みとり」の本を読みあさりました。


――80歳を過ぎた母は、実家の小樽で一人暮らしです。

東京に呼び寄せたいんですが、母は来たがらないんです。父のことを通して、本人の意思を尊重することが大事だと学びました。

母には、「あなたが、がんばってくれているから、私も仕事ができます。でも無理せずに、来たくなったら、いつでも来ていいですよ」と伝えています。

私には子どももいません。親を亡くした喪失感は、子どものいる人より痛手かな、と思うこともあります。でも人は、喪失感を抱えたままでも生きていけるものだと信じています。

自分の人生を失わないように

父の介護をしていたときはよく、「他人のケア（診察）をしているのに、親のケアをしなくていいのか」と思ったこともありました。でも、父が亡くなった後に気づきました。仕事をすることで、悲しみはあっても、前に進むことができました。

介護のために仕事を辞める人もいます。すごいと思います。でも、介護を終えたあとの自分の人生を失わないようにしてほしいです。

介護やみとりで不足するのは、人手と時間とお金です。不十分ですが、使える公的サービスはあります。使えるものはみんな使い、できる範囲でやっても、親に罪悪感をもつことはないと思います。

少子化がすすみ、子どもにとって親の介護の負担は増える一方です。だれもが、介護やみとりのために安心して休みをとれる社会になればと思います。

（2015年4月5日）

あとがき

『私と介護』は、２０１４年7月6日号からスタートした赤旗日曜版のインタビューシリーズ「私と介護」を、新日本出版社が編集したものです。

このシリーズは、「だれもが介護し、介護される」時代を迎えるなか、各分野の方に、介護体験や思いを語ってもらい、それを通して社会や政治のあり方を考える企画としてはじめました。

シリーズは好評で、現在も続いています。２０１６年11月20日号までに19人が登場。親や祖父母、パートナーの介護にどう向き合い、乗り越えているのかを、自らの経験を通じて語られています。また介護を通じて気付かされたことや、見えてきた社会のあり方、同じ介護者へのアドバイスなども豊富に語られました。

本書にはそのうち、映画監督やアナウンサー、タレント、作家、漫才師、精神科医など17人の分が収録されています。

華やかな世界で生きている方々も、介護の苦労や悩みは私たちと共通するものがあります。「さっさと死んでくれたら……」「死に場所を求めた」などと追い詰められた場面も出てきます。介護をする相手と長年の葛藤を抱え、その感情に折り合いをつけることに苦しんだ方もいます。綺麗ごとだけではすまない介護の現実を、正直に語ってくださいました。登場する方々は、それらの現実を乗り越えるなかで介護者との新たな関係を作り上げています。そんな姿に、私たちは人間のすばらしさ、たくましさを感じました。

介護サービスや介護施設を活用するなど、周囲の協力を得るという努力も共通して語られています。自分一人で生きていけると思っていた方が、ご近所の人に見守られ、「人って助けられて生きてんな」と気づかされたり、「もっと肩の力を抜いていい」と悟ったり……。介護をめぐる事件が起きる中、こういう介護の仕方、考え方もある、と読んでいただいたみなさんの参考になればと願っています。

取材は、秋野幸子、加來恵子、金子徹、竹本恵子、藤川良太、古荘智子、湯浅葉子の各記者が担当しました。私たち日曜版編集部の記者も介護に直面する世代が増えています。「自分ならどうする」と考え、学ぶ気持ちで取材してきました。

安倍政権がすすめる、介護保険改悪によるサービス抑制と負担増は悲劇をうみます。安心して介護し、介護されることができる。不自由はあっても、人として自立し、尊厳のある暮らしができる——。そんな社会を作るためには、介護保険制度をはじめとした社会保障制度の抜本的な充実や人間らしい働き方が大切だと改めて感じています。

介護のあり方は十人十色で、正解はありません。本書が介護に向き合う人の何がしかのヒントになれば、と願っています。

２０１６年11月　　しんぶん赤旗日曜版編集長　山本　豊彦

本書は、２０１４年7月～２０１６年11月まで『しんぶん赤旗日曜版』「私と介護」に掲載された記事を、加筆修正してまとめたものです。

写真提供は、野間あきら記者（11、19、27、35、41、47、59、65、71、77、89、95、113ページ）、佐々木みどりさん（53ページ）、石塚康之さん（83、101ページ）、水鳥陽平さん（107ページ）です。

著者紹介（掲載順）

島田洋七（しまだ・ようしち）
1950年広島県生まれ。漫才師。TV、講演などで活躍。『佐賀のがばいばあちゃん』（2004年）など著書多数。

春やすこ（はる・やすこ）
1961年大阪府生まれ。タレント。80年代、「春やすこ・けいこ」の漫才コンビで人気を博す。司会や女優としても活躍。

ねじめ正一（ねじめ・しょういち）
1948年東京都生まれ。詩人、小説家。詩集『ふ』（81年、H氏賞）、『高円寺純情商店街』（89年、直木賞）など著書多数。

酒井章子（さかい・あきこ）
1959年大阪府生まれ。ギャラリー主宰。映画「徘徊　ママリン87歳の夏」出演。ブログ「ボケリン・ママリンの観察日記」。

大久保朱夏（おおくぼ・しゅか）
1972年神奈川県生まれ。食のクリエイター・ライター。料理書の編集やレシピ提案など、食をテーマに活躍。

新藤　風（しんどう・かぜ）
1976年神奈川県生まれ。映画監督。「LOVE/JUICE」（2000年）でベルリン国際映画祭新人作品賞受賞。

南田佐智恵（みなみだ・さちえ）
1961年大阪府生まれ。介護アドバイザー。ブログ「ななこのおまけ日記＆介護」。著書に『明日はわが身』（2014年）。

安藤桃子（あんどう・ももこ）
1982年東京生まれ。映画監督。「カケラ」（2010年）で監督デビュー。「0.5ミリ」（14年）で毎日映画コンクール脚本賞受賞。

富田秀信（とみた・ひでのぶ）
1950年佐賀県生まれ。広告会社勤務を経て、国際ツーリスト・ビューロー勤務。著書に『千代野ノート』（2016年）がある。

城戸真亜子（きど・まあこ）
1961年愛知県生まれ。洋画家、タレント。著書に『記憶をつなぐラブレター』（2016年）、『ほんわか介護』（09年）がある。

関口祐加（せきぐち・ゆか）
1957年横浜生まれ。映画監督。主な作品に「THE ダイエット！」（2009年）、「毎日がアルツハイマー」（12年）がある。

秋川リサ（あきかわ・りさ）
1952年東京都生まれ。雑誌のトップモデルを経て、ビーズ作家、女優として活躍。著書に『母の日記』（2014年）など。

岡野雄一（おかの・ゆういち）
1950年長崎県生まれ。漫画家。長崎のタウン誌編集長を経てフリーに。『ペコロスの母の贈り物』など著書多数。

岩佐まり（いわさ・まり）
1983年大阪府生まれ。フリーアナウンサー。著書に『若年性アルツハイマーの母と生きる』（2015年）がある。

野中真理子（のなか・まりこ）
1959年東京都生まれ。映画監督。「こどもの時間」（2001年）、「トントンギコギコ図工の時間」（04年）も自社で配給中。

沖藤典子（おきふじ・のりこ）
1938年北海道生まれ。ノンフィクション作家。『老妻だって介護はつらいよ』（2015年）など著書多数。

香山リカ（かやま・りか）
1960年北海道生まれ。精神科医、立教大学現代心理学部教授。『ノンママという生き方』（2016年）など著書多数。

私《わたし》と介護《かいご》

2016年12月25日　初　版

著　者　島田洋七・春やすこ・ねじめ正一
酒井章子・大久保朱夏・新藤　風
南田佐智恵・安藤桃子・富田秀信
城戸真亜子・関口祐加・秋川リサ
岡野雄一・岩佐まり・野中真理子
沖藤典子・香山リカ

発行者　田　所　　稔

郵便番号　151-0051　東京都渋谷区千駄ヶ谷4-25-6
発行所　株式会社　新日本出版社
電話　03（3423）8402（営業）
03（3423）9323（編集）
info@shinnihon-net.co.jp
www.shinnihon-net.co.jp
振替番号　00130-0-13681

印刷・製本　光陽メディア

落丁・乱丁がありましたらおとりかえいたします。

ISBN978-4-406-06113-1 C0036　Printed in Japan